LA MORALE

D'UN

BON JEUNE HOMME

PAR

E. PUFFENEY

DOLE

TYPOGRAPHIE CH. BLIND

—

MDCCCLXXXII

LA MORALE

D'UN

BON JEUNE HOMME

PAR

E. PUFFENEY

DOLE

TYPOGRAPHIE CH. BLIND

MDCCCLXXXII

Il a été tiré 50 exemplaires de cet opuscule sur papier fort de Jeand'heurs.

Editeurs

E. Renaud et V. Bachelet

A MON PETIT-FILS RENÉ

Rien de nouveau dans cet opuscule. La morale est aussi ancienne que les sociétés. Ses préceptes ont le même âge. On en reconnaîtra sans peine ici les vieilles maximes, ainsi que la forme dont quelques-unes ont été revêtues par la verve populaire.

———

1

Sache écouter, mon cher enfant :
Car, nous dit un antique adage,
C'est un bon fruit qu'un discours sage
On le récolte en écoutant.

2

Devant tes pas tu vois s'ouvrir
L'espoir de longues destinées;
Songe, enfant, songe à l'avenir,
Et sème en tes jeunes années,
De façon à pouvoir cueillir,
— Si Dieu t'accorde de vieillir —
Quelques corolles non fanées
Au rameau d'or du souvenir.

3

Meuble ton esprit, étudie ;
Les trésors que l'étude à ton esprit confie
Sont les plus sûrs et les meilleurs.
C'est là le seul bien qui défie
Les conquérants et les voleurs.

4

De bien agir fais ton étude ;
Le devoir peut être d'abord
Pénible et dur ; mais tout effort
Devient léger par l'habitude.
Bientôt l'effort s'évanouit ;
L'habitude robuste et saine
Fait le bien sans labeur ni peine,
Comme un arbre porte son frúit.

5

Quand près de toi parle un vrai sage,
Prête l'oreille ; son langage,
Comme un arbre fécond, prodigue fleurs et fruits.
Évoquée à sa voix, devant l'erreur éteinte
Et ses songes évanouis,
La vérité sort de son puits,
Fière dans sa nudité sainte.

6

Par le travail tout fructifie,
Sans lui tout sol reste infécond ;
Croupir oisif est chose impie ;
Écoute et retiens ma leçon :
Ne la laisse fuir, ni ta vie
Comme l'eau, d'un vase sans fond.

7

Choisis ton chemin, et redoute
De t'écarter : c'est le salut.
Changer à chaque instant de route
C'est n'arriver jamais au but.

8

Fais le mal, ton plaisir tout au plus dure une heure ;
Fais le bien, tu t'y plais et le plaisir demeure.

9

Amitié, don le plus doux qu'à la terre
Ait fait le ciel, dans sa merci,
Sainte Amitié, qu'ont chantée à l'envi
Le bon Lafontaine et Voltaire,
L'homme, sans toi, n'existe qu'à demi :
Il pourra vivre sans un frère ;
Peut-on vivre sans un ami ?

10

Jeune homme, accueille la censure ;
Un avis sage est un docteur
Qui guérit, fortifie, épure
A la fois l'esprit et le cœur.

11

Héritier d'un nom respecté,
Quelque part que le vent dirige
Ton esquif sur l'onde emporté,
De ce nom fais-toi l'homme-lige ;
Garde-le dans sa loyauté ;
Comme Noblesse, Honneur oblige.

12

Garde-toi de tout mot douteux
Dont l'oreille soit offensée ;
Pense comme si ta pensée
Était ouverte à tous les yeux.

13

Bannis de ton vocabulaire
Tous les mots bas, grossiers et vils.
Demande-toi : qui les profère ?
De quelle bouche sortent-ils ?

14

La fleur de la vertu naissante
Qui parfume les jeunes ans,
A cette grâce caressante
Qu'ont les premiers jours du printemps.

15

L'heure présente est sous ta main ;
Compter sur l'avenir, chimère !
Ne remets jamais à demain
Ce qu'aujourd'hui tu pourrais faire.

16

La Jeunesse, ardente et légère,
Volontiers dédaigne les Vieux.
La nouveauté plaît ; tu veux faire
Autrement que n'a fait ton père ;
Cela ne suffit pas ; il faudrait faire mieux.

17

Le devoir au travail t'exhorte ;
A sa loi si tu te soumets,
La Faim regardera ta porte
Sans oser la franchir jamais.

18

L'honneur est tout ; j'en atteste
Philopœmen aux fers, Aristide en exil.
Tout est sauvé si l'honneur reste :
L'honneur perdu, que reste-t-il ?

19

La paresse — dont Dieu te garde! —
Chemine à pas traînants et lourds,
S'endort à chaque heure et s'attarde.
La Pauvreté l'atteint toujours.

20

La vie est rude ; le voyage
Est pénible ; lourd, le bagage.
Mes amis, il faut y songer.
Aidons-nous, quand on le partage
Le fardeau devient plus léger.

21

L'âne est laid ; le lion est beau.
Tout pesé, je préfère, en somme,
L'âne qui porte son fardeau
Au lion qui dévore l'homme.

22

L'avenir décroît d'heure en heure ;
Peut-être, en la sombre demeure
Celle de ton midi te verra descendu.
Puisque la vie, hélas! est si courte et fragile,
Aux autres comme à toi, cher enfant, sois utile :
Un instant inutile est un instant perdu.

23

L'éclair dans l'œil, et le feu sur la joue,
Cléon pérore, et tout autre que lui
Dans un salon au silence est réduit.
Cléon m'assomme, il faut que je l'avoue.
Il ne sait pas, tant on l'a mal instruit,
Que, dans un char, la plus mauvaise roue
Est celle aussi qui fait le plus de bruit.

24

L'hydropique boira sans cesse
Sans calmer ses veines en feu.
Tel l'avare que toujours presse
La soif d'un or dont il a fait son Dieu.
Le sage vit content de peu :
Contentement passe richesse.

25

Le vieux Timon vit seul : sombre et morose, il erre,
D'un éternel ennui lentement consumé,
A travers sa maison dont le seuil solitaire
Par le pied d'un ami ne fut jamais foulé.
Plaignons entre tous, mon cher frère,
L'homme entre tous infortuné,
L'homme qui n'aima point et ne fut point aimé.

26

Le plaisir d'obliger est ton plaisir suprême ;
Mais ici, comme en tout, sois prudent et discret.
    Le bienfait c'est le grain qu'on sème ;
Le cœur de l'honnête homme est le terrain qu'il aime
Obliger un méchant c'est perdre son bienfait.

27

L'or qu'une main avare enfouit sous la terre
    N'excitera que ton mépris.
Seul l'emploi modéré que le sage en sait faire
    Lui donne son lustre et son prix.

28

Suivons toujours le droit sentier,
Est avisé qui reste probe.
Le pain que le méchant dérobe
Remplit sa bouche de gravier.

29

Le savant hait le verbiage ;
L'ignorance a le verbe haut.
Peu parler est souvent d'un sage ;
Trop parler est toujours d'un sot.

30

Mère et marâtre, la Nature
Dans ton champ sème à l'aventure
La folle ivraie et le bon grain.
Pour extirper la plante impure
N'ajourne pas jusqu'à demain.
N'attends pas, fier de ta jeunesse,
Que l'âge enfin t'ait désarmé.
Courbés, l'arbrisseau se redresse,
L'arbre est à jamais déformé.

31

Le temps passe ; l'instant s'écoule :
Mortel avisé je voudrais
Tenir sans relâche aux aguets
Mon oreille et mon œil. Jamais
Renard qui dort n'a pris la poule.

32

Méfions-nous de la sottise ;
Un sot est sot, et dans maint cas,
Pierre a raison s'il le méprise ;
Pierre a tort s'il ne le craint pas.

33

Mettons en tout poids et mesure.
Il est un seul point qu'il faudrait
Excepter. Le bien qu'on t'a fait,
Tu peux le rendre avec usure.

34

Maître Renard se voit dupé
Pour avoir dupé la cigogne.
Dans ce duo si bien chanté,
L'un à duper l'autre occupé,
Tous les deux font laide besogne.
N'opposons jamais, mon ami,
A trompeur trompeur et demi.

35

Mon cher enfant, aime ton père,
Aime ta sœur, aime ton frère.
Ton cœur te dit : aimer est doux,
C'est le grand charme de la vie.
Crois-en ton cœur ; mais entre tous,
Aime ta mère et ta patrie.

36

Ici-bas le malheur sans cesse
Epie et menace tes jours.
Trop souvent l'homme te délaisse;
Mais Dieu te restera toujours.

37

L'étude, aliment de l'esprit,
L'orne, l'enrichit et l'épure.
Laisse ton jardin sans culture,
Il se dessèche et s'apauvrit.

38

Damon en tout temps, en tout lieu,
Parle; ce parleur intrépide
Est l'image d'un tonneau vide :
Parler beaucoup, c'est penser peu.

39

Des filets de l'occasion
Est fort qui saura se déprendre.
Fuyons-la : le conseil est bon.
Fussions-nous Socrate ou Caton,
Défions-nous de l'herbe tendre
Qui perdit maître Aliboron.

40

Détourne de demain un regard téméraire,
Si du jour qui te luit ton cœur est satisfait.
Des maux, par un souris, la rigueur se tempère ;
Quel mortel, ici-bas, goûte un bonheur complet

41

Fuis devant le Devoir, il fronce le sourcil ;
Réponds à son appel, le Devoir te sourit.

42

Etre pauvre d'argent ou pauvre de science
Est une égale infirmité.
Dans ces deux cas ton devoir est dicté :
Venir en aide à l'ignorance
Aussi bien qu'à la pauvreté.

43

La faim donne de la saveur
Même au pain dur que ta dent broie.
Qui n'a point connu la douleur
Ne saurait savourer la joie.

44

Le bien que l'on fait en silence
Porte son salaire avec lui.
Sois discret sur ta bienfaisance,
Indiscret sur celle d'autrui.

45

La soif sèche ta gorge : une tasse l'abreuve ;
Puisée à l'humble source ou dans le lit d'un fleuve,
Qu'importe ? si le feu qui te brûle est éteint.
A l'estomac qui crie un pain suffit, qu'importe
Que d'un ample grenier ou de ta huche il sorte ?
Le but sera touché s'il a calmé ta faim.
Trois fois sage est Bias qui tout avec lui porte
Et dans le superflu ne voit qu'un luxe vain !

46

Le Dieu Plutus, aveugle-né,
Sur quelque chemin qu'il s'avance
Peut marcher avec assurance
S'il prend, doublement escorté,
Pour passe-port, la bienfaisance,
Et pour guide, la charité.

47

La vie a ses mille incidents ;
S'insurger contre eux est folie ;
Mal en a pris à bien des gens ;
Est sage, à mon gré, qui s'y plie.
Mieux vaut, dit ma Philosophie,
Traiter selon leur fantaisie
Et les jours noirs et les jours blancs.
Si le ciel est froid, mets des gants ;
Prends ta canne s'il fait beau temps ;
S'il pleut, ouvre ton parapluie.

48

Le ciel est serein, crains l'orage ;
Il est noir, compte sur demain.
Tout attendre est la loi du sage,
Rien n'est réel que l'incertain.

49

L'humble âne, le lion superbe,
L'insecte enseveli sous l'herbe
N'ont pour loi que l'instinct fatal.
Mais l'homme est libre : il a pour guide
La raison qui pèse et décide,
Et la vérité pour fanal.
Or le vrai c'est le bien. Quiconque fait le mal
Forfait à son guide suprême,
Et, de sa dignité se dégradant lui-même,
Rampe au-dessous de l'animal.

50

Il faut apprendre à se connaître,
L'expérience est le creuset
Qui dira si ce qu'on croit être
Est en vérité ce qu'on est.

51

J'ai des amis, et je m'en flatte.
En grand nombre ? me dites-vous.
Non, mes enfants, ils tiendraient tous
Dans la maison du bon Socrate.

52

A l'étalage dont se pique
Le fastueux et vain Mondor,
Ne t'émerveille tout d'abord :
Qu'à rester froid ton œil s'applique.
L'or est brillant, j'en suis d'accord ;
Mais, nous dit la sagesse antique,
Tout ce qui reluit n'est pas or.

53

L'indifférent qui laisse accomplir l'injustice,
Quand il peut l'empêcher, en devient le complice.

54

Heurs, malheurs, la vie en est pleine :
Pour tous la chance est incertaine.
Sans être un peu fou du cerveau
Nul ne saurait dire : Fontaine,
Je ne boirai pas de ton eau.

55

En face d'un avis contraire
Pourquoi cette aigreur, mon cher frère ?
Ne t'es-tu donc jamais trompé ?
Et crois-tu que la vérité
N'ait que toi pour dépositaire ?
Tout sentiment, s'il est sincère,
A le droit d'être respecté.

56

Jean est grincheux, il n'entend rien ;
Je ne sais pas, en conscience,
Par où prendre le citoyen.
C'est un panier qui n'a point d'anse.
Ne sois pas tel, garde-t'en bien.

57

Ce monde n'est qu'un échiquier,
Où roi, fou, reine, cavalier,
Chacun pour sa part, se démène.
Mais c'est le roi Destin qui mène
Et de case en case promène
A son gré ces divers champions.
Qu'ils soient d'or, de buis ou d'ébène,
Tous, roi, fou, cavalier ou reine,
Sous sa main ne sont que des pions.

58

Antoine est heureux ; de sa joie,
Mon fils, sois heureux avec lui ;
Mais que jamais on ne te voie
Te réjouir du mal d'autrui.

59

Damon se plaint de sa voisine,
Damon se plaint de son voisin ;
Il voit d'un œil froid sa cousine
Et, plus froid encor, son cousin.
Sa morose philosophie
S'en prend aux petits comme aux grands,
Peste en hiver contre la pluie,
En été, contre le beau temps.
Damon est mécontent, dans sa sottise extrême,
Et de tout et de tous, excepté de lui-même.

60

A mon sens, il n'est pas égal
D'errer en jugeant bien d'un autre
Ou d'errer en en jugeant mal.
Puisse, sur ce point capital,
Mon sentiment être le vôtre !

61

Du ruisseau qui court dans la plaine
Le flot limpide est toujours frais.
Dans le lit oisif des marais
Croupit une eau trouble et malsaine.

62

Des nœuds par qui, sur cette terre,
Un cœur à l'autre s'est lié,
Le plus doux, le moins éphémère,
Le moins fragile est l'amitié.
Tu n'y contrediras, mon frère.

63

De ton esprit, ou de tes bras,
Use, enfant, qu'on ne te le dise,
Et chaque soir tu trouveras
Dans ta maison la nappe mise.
Fileuse qui ne s'endort pas
Jamais n'a manqué de chemise.

64

Géomètre, mon cher voisin,
Du grand Paul l'éloquent apôtre
Je n'ai pas le savoir divin ;
Mais je n'en suis pas moins certain
Que, sur le sol moral, ainsi que sur le vôtre,
Pour aller d'un point vers un autre,
La ligne la plus droite est le plus court chemin.

65

Le méchant mène son sillon
Autour de toi ; son œil te guette.
Pour te dérober au larron,
Fuis, enfant, telle est ma recette ;
Fuis, et ne sois pas l'oisillon
Qui raille et nargue l'alouette.

66

J'ai vingt ans, me dis-tu, Valère,
Vingt ans à peine révolus.
Triste et décevante chimère !
Ce sont vingt ans que tu n'as plus.

67

Lande sauvage, nue et triste,
Steppe où jamais fleur n'a souri,
C'est l'image de l'égoïste ;
Son cœur est un désert où tout germe est tari.

68

La vie est une mer au flot sombre et perfide.
Pour éviter l'écueil où mainte nef sombra,
O frêle passager, prends le Devoir pour guide ;
Qui suivit le Devoir jamais ne s'égara.
La pâle Pauvreté, le Mépris, la Disgrâce
Sont debout devant toi ; ferme les yeux et passe :
Fais ce que dois, advienne que pourra !

69

La vaine gloire un instant éblouit :
Eté sans ombre et fleur sans fruit.

70

L'or vaut mieux que l'argent ; la vertu, mieux que l'or
De ce bien sans pareil que rien ne te sépare ;
Veille sur lui comme l'avare
Veille sur son plus chêr trésor.

71

De plaisirs en plaisirs, et d'excès en excès
    A grandes guides Paul voyage
    Sans trève aucune, sans jamais
    Laisser souffler son attelage.
Ton caprice est ta règle, et tes désirs, ta loi ;
    Tu ne connais frein ni barrière :
    Pourquoi, mon très cher Paul, dis-moi,
Pourquoi tant te hâter vers ton heure dernière ?

72

    Mon cher Paul, vas-y doucement :
    Douche ton plaisir par la peine ;
    Ne laisse pas incessamment
    Ta cruche aller à la fontaine.

73

Ne sois pas, mon ami, de ces hommes de bien
Qui promettent toujours, sans jamais donner rien.

74

Ne cherche pas l'auteur de ta misère
Ailleurs qu'en toi ; toi seul tu fais ton mal :
Richesse, honneurs, tu rêves tout : chimère !
C'est trop vouloir ; trop vouloir est fatal.
De ton bonheur ne cherche pas la cause
Ailleurs qu'en toi ; toi seul tu fais ton bien.
Pour être heureux, il faut, sur toute chose,
Subir la loi que le devoir impose ;
Tu la subis : tout le reste n'est rien.
Règne sur toi : ta volonté dispose
Et de ton mal et surtout de ton bien.

75

Un bonheur, même court, souvent hélas ! s'expie :
La rose du matin le soir sera flétrie.

76

N'aimer que soi, c'est le but de la vie,
Le seul devoir du sage, me dis-tu.
D'Assas est mort croyant à la Patrie ;
Socrate est mort croyant à la Vertu.

77

On dit que la vertu d'Antoine a trébuché,
Et chacun, là-dessus, de s'armer d'une pierre.
   Oui-dà ! dit Jacque, ours assez mal léché :
Que celui d'entre vous qui n'a jamais péché
   Vienne lui jeter la première !

78

Parler franc est bien, je l'accorde,
Ce point restant sous-entendu,
Qu'on ne parlera pas de corde
Dans la demeure d'un pendu.

79

Quand il faudrait marcher, tu cours
Pied léger et tête légère.
Ton voisin plus sage, au contraire,
— La raison le guide toujours —
Se hâte lentement, voit, pèse, délibère,
Et n'ira jamais, mon compère,
Trafiquer de la peau de l'ours
Qu'il n'ait mis l'animal par terre.

80

A ton humeur atrabilaire
Mets un frein, ou n'attends, après
Une vieillesse solitaire,
Qu'une mort sans pleurs ni regrets.

81

Repos de l'âme, bien suprême,
Désirable entre les meilleurs !
Qui ne le possède en soi-même
Ne doit pas le chercher ailleurs.

82

Sachons-le, les plus lourds fardeaux
Ne sont rien quand on les supporte ;
Pas d'aide aux plus rudes travaux
Que la Patience n'apporte.
Tout homme peut, sous son escorte,
Gravir les sommets les plus hauts.
La Patience, en quatre mots,
Est la vertu des âmes fortes ;
C'est la clef de toutes les portes.
Et le remède à tous les maux.

83

Ton secret t'appartient, Damon ; c'est ton esclave.
Il voudrait fuir ; serre l'entrave.
Si d'aventure, un beau matin,
Par la porte ou par la fenêtre
Il vient à s'échapper, le rappeler est vain ,
Les rôles ont changé soudain,
L'esclave est devenu ton maître.

84

Tu veux dormir en paix sans doute ;
Pour sauver ton sommeil, écoute
La voix d'un sage conseiller :
Contre le Mal défends ta porte
A chaque fois qu'il entre, il porte
Un caillou dans ton oreiller.

85

Veillons sur le cœur des enfants :
Il est de cire ; aisément tout s'y grave.
Ce cœur est neuf ; un vase neuf longtemps
Garde l'odeur importune ou suave
De la liqueur dont s'imbibent ses flancs.

86

Que la Raison soit ton pilote
Et n'ouvre pas l'œil à demi.
Au hasard le navire flotte
Quand le nocher est endormi.

87

Les amitiés sont indiscrètes :
Mes enfants, si vous en doutez,
Dites-moi qui vous fréquentez,
Je vous dirai ce que vous êtes.

88

Damon sur tout parle d'autorité :
Philosophie, histoire, politique,
Jamais de rien ce docteur n'a douté,
Entre nous, son savoir ne me semble authentique :
Car, dit un ancien sage, aussi sage qu'ancien,
Celui-là ne sait rien qui ne doute de rien.

89

Il ne fit pas le mal ; il ne fit pas le bien.
Fut-il heureux ? je n'en crois rien.

90

Le bon sens et la modestie
Vont bien ensemble : et j'en fais cas.
L'orgueil n'est rien qu'un premier pas
Sur le chemin de la folie.

91

Etre poli, mon très cher frère,
Importe au petit comme au grand.
La politesse est la barrière
Qui maintient chacun dans son rang.
Je prise fort la politesse,
Tant, pour moi, son rôle est humain !
Et si, dans un jour de détresse,
Il me fallait tendre la main,
J'aimerais mieux, je le confesse,
Un Non poli qu'un Oui hautain.

92

J'applaudis à l'abeille active
Qui butine et fait sa moisson,
Pour trouver, quand l'âpre saison
De l'Hyver la tiendra captive,
L'abondance dans sa maison.

93

Le cœur de l'homme est un logis
Hanté par gens de mainte sorte :
La courtilière, le cloporte,
Mulots, charançons et souris
L'un près de l'autre y font leurs nids.
Quand la Raison est la plus forte
Tous se tiennent cois ; la cohorte
Reste blottie et fait la morte.
Mais s'il advient que la Raison
S'endorme ou quitte la maison,
Adieu la Paix ! le bal commence ;
Hors de son trou chacun s'élance ;
En un clin d'œil, mes chers amis,
Le canton au pillage est mis.
Soyons prudents : fermons la porte ;
Gardons que la Raison ne sorte.
Notre salut est à ce prix,
Et vaut à coup sûr qu'on y pense.
La Raison, c'est le chat qui guette la souris ;
Le chat parti, la souris danse,

94

Mettons en tout, la chose importe,
Moyens et fin à l'unisson :
Que l'air s'adapte à la chanson.
Au cheval fougueux qui s'emporte
S'il faut et mors et caveçon,
Conviens qu'il serait ridicule
D'emprunter le maillet d'Hercule
Pour écraser un moucheron.

95

L'homme erre sur la mer des âges,
Océan sans ports ni rivages,
Avec les vents pour matelots.
Sa vie est l'écume légère
Que le sort livre, passagère,
Au mouvant caprice des flots.

96

Sois ferme sans raideur : que la raison t'inspire ;
Homme, sache te vaincre et céder à propos.
L'entêtement, il faut le dire,
N'est que la fermeté des sots.

97

Tout bonheur que tu te promets
Sans la paix de l'âme est chimère.
Sois donc pieux : peut-on jamais,
Avec Dieu si l'on est en guerre,
Avec soi-même avoir la paix ?

98

Par une égale bienfaisance
Sache reconnaître un bienfait,
Et réponds par l'indifférence
A tout mal que l'on t'aura fait.

99

Quand vient l'heure où tout est silence,
Des sons touchants de sa romance
Le rossignol charme la nuit.
Il est vrai, son chant nous séduit.
Dans la douce main qui le flatte
Azor met gentiment la patte :
On l'accueille ; Azor est mignon.
Mais — c'est ici qu'est ma leçon, —
Baudet s'abstiendra, pour bien faire,
De porter sa corne au menton
Du maître auquel il voudra plaire.

100

Tu veux un serviteur doux, fidèle, et qui t'aime ;
Il est trouvé : tu n'as qu'à te servir toi-même.

101

Sache garder dans tous les cas
Le secret que l'on te confie ;
Le révéler est perfidie :
C'est disposer d'un bien qui ne t'appartient pas.

102

Respecte le vieillard et la femme et l'enfant :
Que leur plus sûr rempart soit leur propre faiblesse,
La faiblesse est sacrée ; est lâche qui la blesse.
L'âne a posé son pied sur le lion mourant.

103

Toi que l'ombre du mal effraie,
Hante les bons ; fuis les méchants.
Les bons sont les épis qui font l'orgueil des champs ;
Les méchants n'en sont que l'ivraie.

104

Un livre est un ami : mais choisis-les tous deux ;
Que le livre soit probe et l'ami, vertueux.
Les effets sont divers quand diverse est la cause :
Tel arbre a des fruits doux ; tel a des fruits amers.
Garde-toi, cher enfant, pardessus toute chose,
Et du livre malsain et de l'ami pervers.

105

Celui-là priera bien, maître et juge suprême,
Qui te dira : Mon Dieu, garde-moi de moi-même.

106

De l'outrage d'un sot jamais ne t'importune ;
S'en occuper un jour c'est prendre trop de soins ;
Qu'un roquet aboie à la Lune,
Le flambeau de la nuit n'en brillera pas moins.

107

Après la peine le salaire ;
Le repos après le labeur.
Tu peux jouer pour te distraire,
Mais ne deviens jamais joueur.

108

Damon veut apprendre l'histoire,
Le Chinois, le Grec et l'Hébreu.
Pour d'autres c'est la mer à boire,
Pour Damon c'est encor trop peu :
Tout le tente ; Damon se pique
De Droit, d'Algèbre et de Musique ;
Damon n'y va pas à demi.
Prends garde ; un échec est à craindre ;
Tes deux bras sont courts, mon ami,
Trop embrasser c'est mal étreindre.

109

Etre utile est le lot du sage sur la terre ;
    Et le sage peut être encor,
Dit le grand fabuliste, utile après sa mort.
Je n'en veux pour témoin que son octogénaire,
    Vrai rejeton du siècle d'or,
    Qui, courbé sous le faix de l'âge,
    Plantait, non pour lui, mais heureux,
    L'arbre dont les fruits et l'ombrage
Devaient charmer un jour ses arrière-neveux.

110

Fuis le plaisir dont doivent naître
Et les dégoûts et les regrets,
Qui dure une heure et désormais,
Du long remords a fait ton maître.

111

Naître grand ou petit, qu'importe
En face d'une même fin ?
Biens ou maux que chaque heure apporte
Ne sont rien qu'un prêt du destin.
Entrés dans la vie un matin,
Le soir il faudra qu'on en sorte.

112

Qu'est le Passé ? rien ; c'est à peine
S'il revit dans un souvenir.
Qu'est le Présent ? Une ombre vaine
Qui paraît pour s'évanouir.
Le glas du Présent toujours sonne ;
Rien n'est réel que l'Avenir,
Et l'Avenir n'est à personne.

113

Léon, l'aimable enfant,
Dans sa candeur première :
Qu'est-ce donc qu'un méchant ?
Disait-il à son père.
Un méchant ! mon petit,
De ce laid personnage
Un charbon est l'image ;
S'il ne brûle, il noircit.

114

Nous raillons les aïeux ; notre verve en délire
Sous un commun dédain les ensevelit tous.
Et nous ne songeons pas, dans notre orgueil jaloux,
Tant chacun en soi-même et se plaît et s'admire,
Qu'à notre tour hélas ! nous prêterons à rire
A ceux qui viennent après nous.

115

On péche par trop de prudence ;
On se perd en volant trop haut :
Icare qui dans l'air s'élance
Du ciel en mer ne fait qu'un saut.
Sache équilibrer ta balance,
L'excès en tout est un défaut.

116

Parler de paix, parler de guerre,
Tu n'y connais non plus que moi.
Restons chacun dans notre sphère,
Tout n'en ira que mieux, je croi.
Quand la mansarde est lézardée,
Qui mande-t-on ? le charpentier:
Berger Colin, fais ton métier,
Ta vache sera bien gardée.

117

Si j'avais su ! s'écrie Alain,
Si j'avais su !.. Mais ce refrain
Est l'aveu de ton imprudence.
Sans rien calculer on s'élance,
On court au hasard, et soudain
Le char verse, sans qu'on y pense,
Dans les ornières du chemin.

118

Souvent hélas ! sur notre terre,
Le Mien, le Tien se font la guerre ;
Quel droit clair n'y fut contesté ?
Mon ami, rester honnête homme
Est sagesse. Jamais, en somme,
Bien mal acquis n'a profité.

119

Tout est bien, qui se coordonne :
Le Bien c'est l'Ordre, mes enfants ;
Si les fleurs s'ouvrent au printemps,
Les fruits mûrissent en automne.
Tout prospère dans la maison
Quand la maison d'ordre est pourvue.
Ne mettons pas — c'est ma leçon —
Le caprice avant la raison,
Ni les bœufs après la charrue.

120

Sur les pas du travail se presse
Le cortège des arts, des vertus, des talents.
La morne oisiveté, fille de la paresse,
A tous les vices pour enfants.

121

Un pédant sèchement raisonne;
Je veux un discours plus humain
Qu'un bon mot parfois assaisonne.
Mais prends garde ; sur ce chemin,
Le pied à glisser est enclin.
L'esprit plaît, armé d'un sourire.
Qu'aucun mot qui blesse ou déchire
Hors de tes lèvres n'ait passé.
D'une saillie aimable et douce
Le trait fin que la grâce émousse
Effleure, et n'a jamais blessé.

122

Mais l'esprit devra, pour qu'il vaille
Tout son prix, doter la raison
D'un feu qui l'échauffe ; si non,
Ce n'est, sans plus, qu'un feu de paille.

123

Si tu veux faire feu qui dure,
N'attise pas la flamme au-delà du besoin.
Désires-tu voyager loin,
L'ami ? Ménage ta monture.

124

Cette glace fraîche et brillante
Te répond toujours souriante
Lorsque l'interrogent tes yeux.
Cette glace, ma chère Hélène,
Est pure et ton âme est sereine.
Hélas ! il suffit d'une haleine
Pour les ternir toutes les deux.

125

A travers vingt peuples soumis
César crut marcher à la gloire.
Savoir se vaincre, mes amis,
Est une plus belle victoire.

126

Au cœur où gît l'oisiveté
Toujours le vice s'insinue.
Les reptiles et la ciguë
Envahissent le champ que l'homme a déserté.

127

Ce bonheur qu'implorent tes vœux,
La vertu seule en est l'étoffe.
Mon ami, dit le philosophe.
Sois juste, et tu seras heureux.

128

Demandons à Dieu qu'il nous soit
Donné de voir enfin, sur la terrestre écorce,
La force au service du droit,
Le droit toujours primant la force.

129

Est fou trois fois qui s'embarrasse
D'un maître-queux. Vis sobrement :
Mon cher, plus la cuisine est grasse,
Plus est maigre le testament.

130

La route est sombre, le ciel terne ;
Prends donc, si tu ne veux butter,
La prévoyance pour lanterne ;
Le Bouc descend dans la citerne
Sans savoir comment remonter.

131

Je n'irai bâtir ma maison
Ni sur la montagne hautaine,
Ni dans la plaine ou le vallon.
Le torrent peut noyer la plaine,
La foudre peut frapper le mont.
Mon goût, ma raison, tout m'invite
A choisir l'un de ces coteaux
Que sa hauteur modeste abrite
Du choc de la foudre et des eaux.

132

Ne prêtez jamais votre bouche
Qu'aux accents de la Vérité :
Le Mensonge est laid ; son œil louche ;
Tout fard altère la beauté. .

133

L'effort qu'exige le bien-faire
Trouve en lui-même son salaire,
Tant, ici-bas, tout se tempère
Dans un équilibre indulgent !
De Dieu la suprême justice,
Pour que tout devoir s'accomplisse,
Donne du charme au sacrifice,
De la saveur au dévouement.

134

Tout s'écoule ; rien ne demeure :
Le Temps lui-même se détruit ;
Le jour est chassé par la nuit,
Et l'heure à son tour chasse l'heure.

135

Le plaisir que tous à la ronde
Cherchent, qu'est-il le plus souvent?
Mouvant comme le sable et l'onde
Et fugitif comme le vent.
C'est la vapeur qu'un souffle chasse ;
Souvent, à peine épanoui,
Il meurt sans laisser plus de trace
Que le ramier qui fend l'espace
N'en laisse dans l'air après lui.

136

Le Créateur, des outils nécessaires,
Dans sa sagesse, a pourvu les humains.
Il n'a pas mis de ponts sur les rivières,
Mais il nous a donné des mains.

3.

137

Le Temps entraîne toutes choses :
L'Amour, la jeunesse et les roses
Ont bientôt vu leurs saisons closes,
Rapide espace d'un Printemps.
Tous s'éloignent : l'Heure au pied leste
Les emporte. L'Amitié reste ;
Seule elle croît avec le Temps.

138

Paul n'est docte ; dans la Sorbonne,
De sa vie, il n'usa les bancs.
Comment se fait-il, mes enfants,
Que pourtant si juste il raisonne ?
Notre ami Paul a du bon sens.

139

Luttons contre le flot quand la barque chavire ;
Ne nous endormons pas dans un bonheur oiseux.
Il n'est mal si cruel qu'il ne puisse être pire ;
On n'est jamais si bien qu'on ne puisse être mieux.

140

Mais ici ne hasardons rien ;
Consultons-nous : Quand on aspire
Au mieux alors qu'on a le bien,
Souvent on rencontre le pire.

141

Qui lit beaucoup sans réfléchir
Ressemble au voyageur rapide.
Des livres et des lieux qui les ont vus courir,
Tous deux reviennent l'esprit vide.

142

Qui, pour leurs grands coups d'estocade,
Vante Renaud, Roland, ou tout autre guerrier
    Par mainte et mainte estafilade
D'une oreille ou d'un œil dûment estropié
    Me semble fou plus d'à moitié.
    A tous ces preux, mon camarade,
    Dussiez-vous me prendre en pitié,
Je préfère Tityre assis au pied d'un hêtre
Ebauchant quelques airs sur sa flûte champêtre.

143

On t'a vu, ce matin, des lacs de l'araignée,
    Lacs qu'un art perfide a tissus,
Sauver un moucheron. Plus heureux que Titus,
    Tu n'as point perdu ta journée.

144

Parler est bien, agir est mieux.
Moraliste qui me conseilles :
La morale entre par les yeux
Cent fois mieux que par les oreilles.
Tu fais le mal en m'exhortant au bien :
Savant docteur, ton erreur est extrême ;
L'exemple est tout ; ta harangue n'est rien
Si tu n'as commencé par te guérir toi-même.

145

Sur mes défauts Pierre me raille :
Et j'en ai plus d'un, j'en convien.
Mais est-il donc si bon chrétien
Lui qui dans mon œil voit la paille
Quand une poutre est dans le sien ?

146

Sans en féconder rien le sable boit la pluie ;
Grain semé sur le roc jamais ne fructifie.
Tu verses tes bienfaits dans le cœur de l'ingrat :
C'est le roc et le sable où rien ne germera.

147

Mais le sage ne s'intéresse
Qu'au devoir, sans calculer rien.
Accomplis ton devoir et laisse
L'ingrat méconnaître le sien.

148

Sois modeste ; la modestie
Est la parure du talent ;
Tu les verras le plus souvent
Marcher tous deux de compagnie

149

Toujours, enfant, la rouille atteint
Dans son fourreau l'oisive lame.
Chasse comme un hôte malsain
L'Oisiveté, rouille de l'âme.

150

Un sage avis, qu'il t'en souvienne,
Doit, ainsi qu'un hôte attendu,
Être accueilli ; d'où qu'il te vienne,
Qu'il soit toujours le bienvenu.

151

Sous l'abri du grand nom que t'a transmis ton père
Tu t'endors, fier et satisfait.
Mais, te dira celui que le bon sens éclaire :
L'homme est homme par ce qu'il fait,
Non par ce qu'en leur temps ses aïeux ont su faire.

152

Aux yeux de tous l'avare est laid ;
Le généreux charme au contraire ;
J'en conviens avec toi, mon frère ;
Mais ne sois pas la vache à traire ;
Surveille et protège ton lait.

153

Clos la porte sur ta colère
Avant qu'elle ait pris son essor.
On a nommé la Faim sinistre conseillère :
La Colère l'est plus encor.

154

Garde-toi de juger trop vite ;
Serre le frein, sage écuyer.
Le cheval qui se précipite
Désarçonne son cavalier.

155

Cléon admire ton ramage,
Ta bonne grâce, ton talent ;
Pas un défaut dans ton plumage,
Rien en toi qui ne soit charmant.
Prends garde, ami ; le plus souvent
Le Renard guette ton fromage.

156

Maître, esclave, Rois ou sujets,
Notre destinée est commune.
Le dard aigu de l'Infortune
Perce au hasard chaume et palais.
Nous que nul labeur ne rebute,
Sans plainte vaine, armons nos cœurs ;
Luttons contre elle, et de la lutte
Nous sortirons fiers et vainqueurs

157

Modère-toi, c'est mon refrain :
Dans les rencontres de la vie
Ne sois pas le chêne hautain
Qui des vents nargue la furie.
L'Aquilon souffle et met un frein
A son orgueilleuse folie.
Mais parfois, je le dis tout net,
Montre-toi ferme du jarret ;
Ne sois pas le roseau qui plie
Sous le fardeau d'un roitelet.

158

Voici, mon fils, un conseil salutaire
Par la sagesse formulé :
Fuis pour l'instant l'homme colère ;
Fuis pour toujours l'homme dissimulé.

159

Au livre du Destin tout a sa noire page ;
Souvent de longs bonheurs sombrent en un moment
    Tels les feux d'un été brûlant
    S'éteignent dans un jour d'orage.

160

    Jeune homme, on doit traiter autrui
    Comme on voudrait en toute chose
    Etre à son tour traité par lui.
    La raison est double en ceci :
    Ce que le devoir nous impose
    Notre intérêt l'exige aussi.

161

    Le front pensif, l'œil au plafond,
    Franz le rimeur cherche... une idée,
    Et n'aperçoit pas l'araignée
    Qui fait sa toile dans le fond.

162

Celui-là montre une âme peu commune,
Qui reste libre sous les fers,
Et qui, plus fort que la Fortune,
Sourit au milieu des revers.

163

Garde-toi de tout mot douteux
Dont l'oreille soit offensée.
Pense comme si ta pensée
Était ouverte à tous les yeux.

164

On aime un fruit pour sa saveur,
Pour son parfum l'humble fleurette.
Comme le fruit, comme la fleur,
Quelque part que le sort te jette,
On t'aimera pour ton bon cœur.

165

Maître de ses désirs et de sa destinée,
Trouvant en soi sa force et son plus ferme appui,
Heureux qui peut se dire en fermant sa journée :
    J'ai su vivre aujourd'hui !

166

On vient te voir ; note bien ce point-ci :
Tu dois parler, agir de telle sorte
    Que toujours le visiteur sorte
    D'auprès de toi, content de lui.

167

Paul est absent ; Pierre lui trouve
Mille défauts, et mille autres encor.
Pour toi, mon fils, et je t'approuve,
Paul absent n'aura jamais tort.

168

Prince, comte, baron, duc, empereur ou roi
Quelque grand que tu sois, ne dédaigne personne.
Que ce soit là ta règle et ta constante loi :
La raison le prescrit, ton intérêt l'ordonne.
On a souvent besoin d'un plus petit que soi.
Le rat sauve un lion du rêts qui l'emprisonne.

169

Pourquoi disperser à tout vent
Ton cœur et ton or, je te prie ?
On va plus loin d'un pas plus lent.
N'attends pas, dit l'Economie,
Guide antique et toujours nouveau,
Que ta citerne soit tarie
Pour connaître le prix de l'eau.

170

Qu'est-ce que la vie ? Un passage
A travers le désert sauvage
Coupé de rares oasis.
Peu de biens de longs maux suivis
Sont les étapes du voyage.
Aimer la mort c'est être sage :
La mort est la fin, mon cher fils,
D'un lugubre pèlerinage.

171

Que la voix de l'honneur t'inspire ;
Que foudroyé par le malheur,
Mais triomphant du sort vainqueur,
Justement fier, tu puisses dire
Comme ce preux que l'on admire :
Tout est perdu hormis l'honneur !

172

Roi Lion est repu ; son bonheur est complet ;
Dame Mouche est repue, et doucement sommeille;
Dans son terrier obscur le Renard se complaît;
Le Bœuf dans son étable ; en sa ruche l'abeille.
Etre gros ou menu, le bonheur n'en dépend ;
   Un petit cercle est aussi rond qu'un grand.

173

   Qu'un ami par hasard t'offense,
   Souviens-toi qu'il fut ton ami.
Il ne sera bientôt coupable qu'à demi
   Si dans ton cœur tu cherches sa défense.
La justice du cœur, crois-moi, toujours sera
Et la plus éclairée et la plus indulgente ;
   Mieux que tout autre il trouvera
   La circonstance atténuante.

174

Sans le provoquer ni le craindre,
Le Sage voit d'un œil serein
Le Méchant dont l'outrage vain
Retombe, sans jamais atteindre
A la hauteur de son dédain.

175

Trop de grands mots, Peu de savoir ;
Trop de dépense, Peu d'avoir ;
S'en croire Trop et Peu valoir ;
Voilà trois Trop, trois Peu bien funestes à l'homme,
Disait un Sage qu'on renomme.
Etait-ce Aristote ou Platon ?
Je n'en sais rien. Qu'importe, en somme ?
Je soutiens qu'il avait raison.

4

176

Sur le rail-way souvent perfide
Où tout homme a son chargement
Si notre ami Paul, sagement,
Donne au train la Raison pour guide
Et pour chauffeur le Sentiment,
Ainsi pourvu, quoi qu'il arrive,
Le rail partout bien aiguillé,
Paul verra sa locomotive,
Dans la gare définitive
Entrer sans avoir déraillé.

177

Le champ reçoit le grain jeté par le semeur.
Mais pour que le grain germe, et croisse et fructifie,
Il lui faut tour à tour la chaleur et la pluie
Dont un autre est le maître et le dispensateur.

178

Travailler c'est prier et vivre :
Tout labeur au ciel est compté.
Mieux qu'un docteur de Faculté,
Du tourment de l'oisiveté
Le travail préserve ou délivre,
Et donne au sage qui s'y livre
La paix de l'âme et la santé.

179

Compter, pour moissonner ton grain,
Sur ton parent ou ton voisin
Est toujours imprudence extrême.
Prends, crois-moi, ta faucille en main,
Et ne compte que sur toi-même.

180

Je sais quatre docteurs — dont nul n'est patenté —
Qui, sans frais ni débours, assurent la santé :
Court sommeil, bonne humeur, travail, sobriété.

181

Tu vis, enfant ; deux créanciers
T'enchaînent sous leur dépendance :
Celui dont tu tiens la naissance
Et celui qui de la science
Ouvrit devant toi les sentiers.
Même dette envers eux te lie,
A tous deux tu dois ton amour ;
Ton père t'a donné le jour,
Ton maître t'a donné la vie.

182

Comme un trésor scellé dans un robuste coffre,
Verrouille ton honneur d'un triple cadenas,
Et quel que soit le prix qu'un brocanteur t'en offre,
Refuse : en trafiquer ne t'enrichirait pas.

183

Il faut, nous a dit un vieux maître
Qui donna plus d'un sage avis,
Réfléchir avant de promettre
Et ne faillir jamais à ce qu'on a promis.

184

Je vieillirai dis-tu, jeune homme...
Mais l'avenir est incertain.
Vivons donc tous aujourd'hui comme
Si nous devions mourir demain.

185

Pierre et toi vivez côte à côte,
Vous rencontrant soir et matin.
Ton voisin est presque ton hôte ;
Vis en paix avec ton voisin.

186

Philinte par son cœur m'attire ;
De Cléon l'esprit m'a charmé.
Pourtant, laissez-moi vous le dire :
Entre eux s'il vous fallait élire,
Le goût par la raison formé
Préférera toujours à l'esprit qu'on admire
Le cœur par où l'on est aimé.

187

Quelque rude que soit la tâche,
Quelque faible que soit ta main,
Songe à la goutte d'eau qui, tombant sans relâche,
Perce le roc et percerait l'airain.
Sous son coup répété la hache
A raison du chêne hautain.

188

Si Paul pour se juger prend sa propre balance,
L'amour de soi l'inclinera ;
Il n'est Caton qui n'en soit là.
Défions-nous donc, c'est prudence,
Des arrêts qu'il porte sur lui.
On garde pour soi l'indulgence,
La sévérité pour autrui.

189

Souvent au hasard on s'engage,
— L'imprudence est commune hélas ! —
Dans des amitiés dont le Sage
Comprend qu'il faut qu'on se dégage.
Soyons discrets en pareil cas :
Dénouons, mais ne brisons pas.

190

Dans l'ombre de la nuit l'aube est encor voilée ;
Rien ne pâlit l'azur sombre de l'Orient ;
Le matin sur le bord de la voûte étoilée
N'est pas encor venu poser son pied brillant.

Une blanche vapeur argente la vallée ;
L'herbe en pleurs vers le sol penche languissamment;
Dans son nid sans rumeurs l'alouette isolée
Se tait ; tout sous les cieux est paisible et dormant.

Où donc va cette femme ainsi seule et hâtive ?
Où va-t-elle, à la fois empressée et craintive,
Glissant un pas furtif sur le sable muet ?

C'est vers ce réduit morne où veille la souffrance
Que la guide son cœur. Discrète Providence,
Comme l'on cache un crime, elle cache un bienfait.

191

Tu peux faire au sot qui t'outrage
Expier doublement son tort :
Oppose le calme à l'orage ;
On te tiendra pour le plus fort
Si tu te montres le plus sage.

192

Trop souvent chez toi, Lafontaine,
Le sens moral semble endormi.
A la pauvre nature humaine
Rien n'est donc donné qu'à demi !
En ton œuvre que rien n'égale
Tout me charme, sauf ce point-ci :
J'aimerais mieux que ta fourmi
Ouvrît sa porte à la cigale.

4

193

Tu veux, et je t'approuve fort,
Etre aimé : tiens donc pour maxime
Qu'on ne peut l'être, si d'abord
On n'a su mériter l'estime.

194

Qui de nous n'a fait un faux pas ?
Chacun a son faible ici-bas :
Pierre a le sien et nous les nôtres.
Mes chers amis, nous voulons tous
Que l'on soit tolérant pour nous ;
Soyons tolérants pour les autres.

195

Pour que tout aille bien, restons
Voués chacun à notre affaire ;
Au pêcheur laissons la rivière,
Et le berger à ses moutons.

196

Tu dis en gémissant : combien courte est la vie !
Et tu la laisses fuir sans que, durant son cours,
Par un travail utile une heure soit remplie.
Tu dis vrai, vivre ainsi c'est mourir tous les jours.

197

Veillons au grain ! tu dois connaître
Ce sage entre tous les refrains.
Avec un œil souvent le maître
Fera plus qu'avec les deux mains.

198

Au bonheur du méchant ne porte point envie ;
. Le jour naît ; la nuit a son tour,
Les destins sont changeants ; vient l'heure où l'on exp
Tout mauvais homme aura son mauvais jour.

199

Couche-toi tard ; sois matinal ;
Dans la maison fais ta revue ;
Selle toi-même ton cheval ;
Guide toi-même ta charrue ;
Tu ne saurais t'en trouver mal.

200

Pourquoi, dis-tu, dans un repas,
Tout plat me semble-t-il maussade ?
Tu ne bouges : voilà ton cas.
Le brouet noir, mon camarade,
A nul jamais n'a paru fade
Après un bain dans l'Eurotas.

201

Travailleur, saisis tes outils,
Les doigts nus, sans craindre tes peines.
Le chat qui porte des mitaines
Ne prendra jamais de souris.

202

Imite la Fourmi. Ce petit animal
Qui se plie à la loi du travail, sans révolte,
Et, pour vivre en hiver, durant l'été récolte,
Selon mon humble sens, ne raisonne pas mal.

203

Tu ne fais pas le mal, me dis-tu : j'en convien
Et je t'approuve ; mais tu ne fais pas le bien.
    Mon cher ami, tu n'es en somme
    Que la moitié d'un honnête homme.

204

Il est un art divin de consacrer l'aumône ;
Un don jamais de soi n'a tiré sa valeur.
L'obole aura son prix si c'est le cœur qui donne.
Cent ducats ne sont rien donnés à contre-cœur.

205

L'ennui se peint sur ta figure
Quand du voisin la grappe mûre
Se pend au cep plus abondant.
Ta joue est pâle et ton front blême.
Hélas ! tu te punis toi-même :
La Jalousie est un tourment.

206

J'aime Médor quand sur ma porte
Il veille, à l'affût du larron.
J'aime le bœuf qui trace à pas lents son sillon.
J'aime aussi maître Aliboron
Patient sous le faix qu'il porte.
Tous les trois : âne, bœuf et chien,
Sont dans leur rôle, et tous font bien.

207

Un jour, enfant, l'âge étendra
Sur ton front la neige et la ride ;
Ton cœur, tes sens, tout subira
Les lois de la vieillesse aride.
Prends garde, quand l'heure viendra,
De ne laisser qu'un passé vide.

208

Tu vieillis ; tu sens de ton être
Les ressorts alanguis chaque jour défaillir ;
Tu dis : je vais mourir ; dis que tu vas renaître ;
Ami, cesser de vivre est cesser de mourir.

209

Tout ici bas est périssable ;
Tout passe, même la douleur.
Mortel heureux, qu'est ton bonheur ?
Un palais bâti sur le sable.

210

Sur l'inévitable pente
L'humanité glisse, hélas !
La vieillesse est impuissante ;
La jeunesse ne sait pas.

211

Contre le vice il faut t'armer,
Mon cher enfant ; le vice est comme
L'esclavage ; il dégrade l'homme
A ce point qu'il s'en fait aimer.

212

Cher enfant, le devoir suprême,
La plus sainte et plus douce loi
Est d'aimer Dieu plus que soi-même
Et son prochain autant que soi.

213

Antinoüs s'enorgueillit
De son beau corps ; l'âme est plus belle.
Le corps se dissout et périt ;
L'âme que la mort affranchit
Prend son vol ; l'âme est immortelle.

214

Bénis le soir l'Etre divin,
L'Etre à qui tu dois la journée ;
Et de la nuit qu'il t'a donnée
Rends-lui grâce chaque matin.

215

Mes besoins, ô Maître suprême,
Tu les connais mieux que moi-même
Aux flots de l'erreur ballotté..
Le don qui, selon ta sagesse,
Doit m'être utile, ma détresse
L'attend, Seigneur, de ta bonté

DOLE. — TYP. CH. BLIND.

www.ingramcontent.com/pod-product-compliance
Lightning Source LLC
Chambersburg PA
CBHW060434260626
47161CB00005B/1927